ANTIDOT

ANTIDOT

HOCHDOSIERTE NOTFALL-
MEDIZIN FÜR ALLE PROFES-
SIONELLEN NOTHELFER UND
SOLCHE, DIE ES WERDEN
WOLLEN.

VON HARRIET HUMSTER
MIT CARTOONS
VON VIK TAINE

© Tomus Verlag GmbH, München 1993
Alle Rechte der Verbreitung, auch durch Fernsehen, Funk, Film,
fotomechanische Wiedergabe, Bild- und Tonträger jeder Art,
sowie auszugsweiser Nachdruck vorbehalten.
Satz: Gerber Satz GmbH, München
Druck und Bindung: Offizin Andersen Nexö Leipzig GmbH
2 3 4 5   97 96 95 94 93
Auflage   Jahr
(jeweils erste und letzte Zahl maßgeblich)
ISBN 3-8231-0776-3

„… aber dann kommt irgendwann der Punkt, wo man es nur noch tut, weil man nichts anderes gelernt hat."

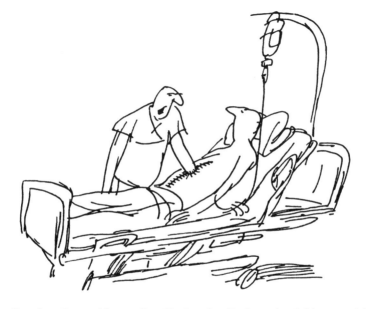

„Kein Grund zur Beunruhigung. Der Chef mußte die Operation leider vorzeitig beenden und hat mich gebeten, noch etwas auf die Bauchschlagader zu drücken."

A

Abdrücken

Druck auf eine blutende Ader ausüben – direkt am Löchle oder weiter oben. Hinweis für Vorgesetzte: Psychologischer Druck genügt meist nicht.

Ablösung

Übernahme der Dienstgeschäfte durch einen Nachfolger. In der Notfallmedizin einer der Dreh- und Angelpunkte aller Gedanken. Schon Stunden vor der Übergabe eines harten Dienstes ist mancher um die Gesundheit der erwarteten Kollegen wenigstens ebenso besorgt wie um die der gerade zu versorgenden Patienten.

EIN BEITRAG ZUR VETERINÄRTRAUMATOLOGIE

Adrenalin

Das Sambal Oelek der Pharmakologie. Wichtigstes Hormon im Rettungswesen. Erregt (wenn unverdünnt gegeben) bereits an der Eintrittsstelle Ärger, sorgt weiter drinnen für exorbitantes Feuer.

Aidshandschuhe

Schutzmittel gegen AIDS-Erreger, Hepatitis-Viren und alles andere, was unsere Körpersäfte unsicher macht. Pflichtbestandteil des Autoverbandskastens und offenbar stilles Reservoir für heiße Nächte. So ergaben Stichproben in den Verbandskästen junger Kraftfahrer, daß durchschnittlich 2,7 der zehn vorgeschriebenen Finger abgetrennt und einer profaneren Form der Nächstenliebe zugeführt worden waren.

Airbag

Aus der Psychologie des durch immer mehr Elektronik immer selbstbewußteren Automobils

„Wir sollten uns langsam nach einer viruziden Heiligen umsehen."

„Eduard trinkt in der letzten Zeit ein bißchen viel."

heraus verständliche Entwicklung. Hat es jetzt doch erstmals die Möglichkeit, unmittelbar zurückzuschlagen, wenn man ihm Leides tut – ein Umstand, der für das seelische Gleichgewicht eines fremdbestimmten, ja seinem Fahrer regelrecht ausgelieferten Fahrzeugs von außerordentlicher Bedeutung ist.

Alarmsymptome

Als Folge einer Alarmierung sich einstellende verräterische Symptome wie Bluthochdruck, schneller Puls, feuchte Hände, Schluckauf und – in selteneren, aber wirklich bedauernswerten Fällen – Durchfall.

Alkohol

Nahezu unwiderstehliches Genußgift, das ab einer gewissen Blutkonzentration die Wahrnehmung allen Elends dieser Welt (und insbesondere all der elend engen Straßen) stört.

Amputat

Abgetrennter Körperteil, der immer mit in die Klinik sollte. Ein Plastikbeutel mit dem Amputat wird hierzu in Eiswasser gesteckt; mit dem Hund sollte man über einen Eisbeutel auf dem Magen reden.

Angst

Ein Gefühl, das nicht nur die Patienten kennen. Während der Arzt sich aber durchaus vorstellen kann, was den Patienten ängstigt, hat dieser nicht die geringste Ahnung von den Angstinhalten seines Helfers. Und ich denke, das ist gut so.

Arbeitnehmererfindungsgesetz

Naturgesetz, demzufolge Arbeitnehmer ständig neue Wege finden, die immer umfangreicheren Sicherheitsvorkehrungen am Arbeitsplatz zu umgehen und mit ihrem besten Freund in die Blech-

„Der Herr Postbote hätte gerne gewußt,
wo Du seine Knöchelchen vergraben hast."

„Eduard wird Ihnen das richten.
Er ist unser Spezialist für elektrische Fensterheber."

presse oder mit der Krawatte ins Faxgerät zu geraten.

Arrgh!

Leichteste Form der Gegenwehr gegen die endotracheale Intubation (das Einführen des Beatmungsschlauches in die Luftröhre).

Arrhythmia contacta

Äußerst widerspenstige Herzrhythmusstörung durch schlechten Kontakt der Kabel des EKG-Monitors. Siehe auch unter „Kabelflimmern".

arterielle Blutung

Blutung aus einer Schlagader. Speziell Blutungen aus großen Schlagadern spritzen etwas, sind dafür aber selbstlimitierend, hören also von alleine wieder auf zu bluten – ein von der Evolution sicher gut gemeintes, aber bekanntermaßen nicht sehr hilfreiches Phänomen.

Arzt in Not

Junger Notarzt.

Aufstellen des Warndreiecks

Vorsicht: Nicht verwechseln mit dem Aufklappen des Kofferraumdeckels bei Luxuslimousinen! Beim Aufstellen des Warndreiecks handelt es sich um einen wesentlich komplexeren Vorgang, dessen psychologische Funktion nicht unterschätzt werden darf. Ist es doch die einzige Handlung, die es dem Helfer erlaubt, seinem natürlichen Fluchtreflex zu folgen und sich vom Notfallort zu entfernen. Dieser Umstand erklärt auch, warum der Bürger Warndreiecke bei einfachen Pannen oder Blechschäden in etwa Armeslänge von der Stoßstange weg aufstellt, sie bei Personenschäden dagegen dort plaziert, wo er das Ende des Staus erwartet.

Auftreffen am Einsatzort

Eine vergleichsweise seltene, für Rettungshubschrauber typische Sonderform des Eintreffens am Unfallort.

Ausgebranntsein

Bei Helfern, die sich unter chronischer Überlast im Jammertal des Diesseits aufreiben, nach einigen Jahren erreichter stabiler Endzustand, in dem sie
a) das göttliche Leuchten in ihrem Beruf nicht mehr erkennen,
b) das, was sie tun, nur noch tun, weil sie nichts Besseres gelernt haben, und
c) ihr Selbstwertgefühl in der Lohntüte suchen.

B

Bastler

Gruppe von (meist) Männern, die solange glauben, sie könnten alles hinfummeln, bis sie der Arzt eines Besseren belehrt.

Bauchnabel

Meist kein geeigneter Applikationsweg für Suppositorien (Zäpfchen). In verzweifelten Situationen jedoch lohnt sich ein Versuch.

Behandlungskosten

Neben dem erhöhten Blutdruck das offenbar Wichtigste, was die Medizin zu senken hat.

Beinaheunfall

Aus der Sicht der Unfallchirurgen die bislang griffigste Definition für „das Leben".

„Was wollen Sie damit sagen: Ich soll froh sein, daß ich nicht in eine Waschstraße gefahren bin?!"

belegte Zunge

Kardinalsymptom einer schweren Schluckstörung.

Bermuda-Phänomen

Unerklärliches Ausbleiben eines in der Klinik bereits angekündigten Rettungstransportes. Siehe auch unter „Kaperfahrt".

Blaulicht

Macht blaß.

Blaulicht-Odyssee

Herumirren eines beladenen Rettungswagens zwischen vollbelegten Kliniken. Obwohl von der Presse gerne anders dargestellt, scheint eine solche Odyssee nicht grundsätzlich von Übel. Denn immerhin wurden Fälle bekannt, in denen der Patient am Ende aus dem Rettungswagen heraus gleich nach Hause entlassen werden konnte. Eine Beobachtung, die unseren Politikern zu denken geben sollte.

Blaulicht-Syndrom

Als Folge der ihnen verliehenen Macht vor allem bei jungen Notärzten während eines Rettungseinsatzes auftretender Rauschzustand.

Blutzuckerspiegel

In minder starken Fällen macht sich ein zu niedriger Blutzuckerspiegel (Hypoglykämie) durch Heißhunger (siehe auch dort) bemerkbar, ein zu hoher (Hyperglykämie) dadurch, daß die ortsansässigen Wespen beginnen, sich für den Urin zu interessieren. Krasse Fälle von sowohl Hypo- als auch Hyperglykämie zeichnen sich dagegen aus durch zunehmendes Verlöschen zunächst der höheren (z.B. Gewinnstreben), dann aber auch der trivialeren Leistungen (z.B. Bewußtsein) unseres zentralen Nervensystems.

SAUERSTOFFBRILLE FÜR DIE FASCHINGSTAGE

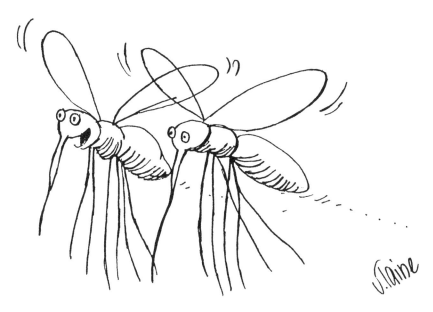

„Zum Nachtisch könnte ich jetzt noch einen schlecht eingestellten Diabetiker vernaschen."

„Was meinst Du damit, daß Du herausgefunden hast,
wie ein Schredder funktionierrrrrrrrh?"

Brausetabletten

Haushaltsgefahrenquellen ersten Ranges. Nicht die Brausetablette per se ist gefährlich, sondern die Tatsache, daß mittlerweile nahezu alles, vom Schmerzlöserchen bis zum Haushaltskleber, in dieser Form im Handel ist und hernach im Küchenschrank neben der Marmelade steht. Dabei zeigt die Erfahrung, daß sich weder die Vitamintabletten zum allnächtlichen Skelettieren von Tantes drittem Oberkiefer eignen (auch nicht in Doppeldosis), noch deren Gebißreiniger zur Aufzucht des Pfennigbaumes. Und auch das Kind trinkt den Blumendünger nur, wenn man schimpft, und gedeiht dann schlecht.

Büro-Schredder

Im Volksmund „Reißwolf" genanntes Gerät. Zerkleinert mißliebige Schriftstücke und läßt sich, wenn er einmal gegriffen hat, weder abschütteln noch beschwatzen. Ein Umstand, der dafür verantwortlich ist, daß man im Büro wieder Krawattennadel trägt und den Zipfel in die Hose steckt.

Carbo medicinalis

Medizinische Kohle. Das Medikament mit dem höchsten Brennwert. Gegen Gifte und Darminfekte. Zu Tabletten gepreßt oder als feines Pulver verfügbar. In letzterer Form besonders wegen ihrer eher mäßigen Wasserlöslichkeit beliebt und ein guter Indikator des Kooperationswillens des Patienten.

Chirurg

Von altgriechisch „chirurgein": mit der Hand arbeiten, masturbieren. Erstaunlich universell gebildete Arztspezies, die sich in den

Augen der anderen langsam überlebt hat, ohne die aber speziell in der Notfallmedizin auch in Zukunft solange fast nichts geht, bis wenigstens die Anästhesisten gelernt haben, wie man anständig operiert.

Cordon bleu

Nächtliche Absperrung eines Notfall- oder Katastrophenareals durch eine Kette von Polizei-, Feuerwehr- und Rettungsfahrzeugen mit laufendem Blaulicht.

Dackel

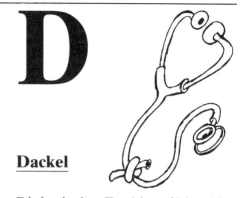

Biologischer Testkit auf Pilzgifte.

Darmzote

Deftiger Scherz über einen gastroenterologischen Vorfall.

Déjà-vu

Wörtlich: „Schon mal gesehen". Das seltsame Gefühl, etwas schon mal gesehen zu haben. Wichtige Beurteilungs- und Behandlungsgrundlage ansonsten unerfahrener Notärzte und Rettungssanitäter.

Dekapitation

Enthauptung. Schmerzhaftes Manöver, das beim Betroffenen einen andauernden Mangelzustand hinterläßt. Wie zeitig sich dieser bemerkbar macht, hängt unmittelbar davon ab, wie intensiv der Körper auf die Mitarbeit des Hauptes angewiesen war. Der bis dahin von einem Seemann gehaltene Rekord wurde jüngst von einem Fußballer gebrochen, der nach einem überaus bösen Foul auf Zureden seines Trainers noch 34 Minuten bis zum regulären Ende der zweiten Halbzeit durchhielt und in dieser Zeit auch noch die beiden spielentscheidenden Tore schoß.

„Ou, ou. Das gibt Ärger!"

Heinz war erstaunt, gleich beim ersten
Brett war ihm das noch nie passiert.

Deus ex machina

Lateinisch für „Gott aus der Maschine". Der große Bruder der Intensivmediziner.

Dummheit

Die der menschlichen Rasse vorbehaltene Eigenschaft, nicht mehr alles zu können, was man als Mensch können müßte. Kann auch in Gegenwart hoher Intelligenzquotienten sehr ausgeprägt sein. Äußert sich z. B. darin, daß der Herr Professor über den Fuß der Sicherheitsleiter fällt, wenn er vorm Bücherhochregal vom Drehstuhl steigt. Meinem Hund würde das nicht passieren.

durch Mark und Bein

Unangenehmster aller Wege, die Schreie nehmen.

E

Eins-Eins-Zwei

Handliche Telefonnummer, unter der Sie zu jeder Tag- und Nachtzeit zumindest die folgende Ansage abrufen können: „Hier ist die Rettungsleitstelle. Bitte haben sie einen Augenblick Geduld. Legen Sie nicht auf. Hier ist die Rettungsleitstelle. Bitte haben sie einen Augenblick Geduld. Legen Sie nicht auf. Hier ist die…"

Elektrounfall

In Haushalt und Elektrohandwerk beliebte Methode, zu verbleichen. Hier tut es der Papi meistens am Samstag, dort wird es traditionell dem Azubi aufgetragen.

Energie

Die Notfallversorgung eines Patienten und ebenso die spätere Be-

„Es war tatsächlich ein Lawinenhund.
Aber es hätte deutlich schlimmer kommen können!"

handlung auf der Intensivstation kostet eine Menge davon (auf ultramodernen Intensivstationen vorwiegend in Form von Elektrizität).

Erste Hilfe

Die Kunst, Ruhe zu bewahren, Zuversicht auszustrahlen und bei alledem auch noch den Verbandskasten zu finden.

Extubation

Das Wiederherausziehen eines Tubus (Beatmungsschlauches) aus (idealerweise) der Luftröhre. Das Schwierigste an ihr ist die Entscheidung dazu. Um diese zu erleichtern, wird seit Jahren an resorbierbaren Tuben gearbeitet. Gegenwärtig verfügt man immerhin schon über Materialien, die nicht einwachsen.

F

Faeces!

Lateinisch für „pastöse Exkremente". Kurzer fachsprachlicher Fluch.

Fast food

Deutsch-englische Bezeichnung für nahezu alles, was man während des Notdienstes ißt. Historischer Ursprung (ungenannter Ort, 1984): „Liebling, hast du während des Dienstes was gegessen?" – „Ja, fast".

Fehleinsatz

Unnötiges Ausrücken eines Rettungstrupps. Nicht selten sieht man sich in solchen Fällen allerdings gezwungen, trotzdem ein klein bißchen was zu tun – eine Situation, die ein gewisses Augenmaß erfordert. Vergleichs-

„Unappetitlich hin, unappetitlich her:
Macht halt die Augen zu und beißt rein!"

weise leicht fällt die Entscheidung, wenn man die Kollegen von der Feuerwehr mit einem Spritzenwagen bei sich hat.

Fehlpunktion

Das Vorbeistechen am Ziel (zum Beispiel Blutgefäß). Unbedeutende Fehlpunktionen erkennt der Patient daran, daß der Arzt etwas errötet, bedeutendere daran, daß ihm dieser ungefragt erklärt, warum das jetzt erforderlich gewesen sei.

Feuer

Faszinierendes, überaus hübsch anzusehendes, aber ziemlich heißes Element. Verbreitet warmes Licht, romantische Gefühle und, in Verbindung mit Fleisch, einen appetitlichen Geruch.

Unter Verhaltensforschern streitet man sich, ob letzteres und/oder die schlichte menschliche Neugier für die geradezu magische Anziehungskraft frisch ausgebrannter Autowracks verantwortlich ist.

Filmrechte

Die Rechte an der Verfilmung des persönlichen Notfalls gehören zum sog. Krankheitsgewinn, sind aber kulturell noch wenig akzeptiert, was sich darin äußert, daß man Einnahmen aus ihnen im Unterschied zum Schmerzensgeld versteuern muß.

Hart, wie die Zeiten sind, ist jedoch davon auszugehen, daß die irgendwann fällige fiskalische Gleichbehandlung aller Formen des Krankheitsgewinns dadurch erreicht wird, daß man auch Streicheleinheiten, die aufreizende Pflege durch eine hübsche Krankenschwester, den Blumenstrauß am Krankenbett und die zeitlich befristete Krankschreibung als geldwerte Vorteile wird versteuern müssen.

Filtertüten

Neben Kaffee das einzige Arbeitsmittel, das nicht immer in ausreichender Menge zur Verfügung steht. Werden notfalls er-

„Ich weiß nicht. Entweder es ist ein Surfer ganz weit hinten oder ein Haifisch ganz weit vorn."

„Irgendwas dort draußen muß mich gebissen haben."

setzt durch Mullkompressen oder netzförmige Hauttransplantate (in der Kühltruhe oder – falls nicht – mit dem entsprechenden Instrumentarium jederzeit leicht herzustellen).

Fische

Zumeist recht possierliche Wasserbewohner unterschiedlicher Größe. Einige allerdings machen sich gerne am Menschen zu schaffen, womit sie bei diesen viel Sympathie verspielen.

Fliege

Legendäre Ursache unzähliger Fehldiagnosen: Eine Fliege im Stethoskop wird leicht für eine würzige Bronchitis gehalten.

Frau am Steuer

Im Gegensatz zu anderslautenden Gerüchten keine Gefahr für Blech und Leben. Davon bin ich überzeugt. Ich habe es mir sogar auf einen kleinen Zettel geschrieben, den ich immer an den Handschuhkastendeckel hefte, wenn eine meiner Geschlechtsgenossinnen den Notarztwagen steuern darf.

Führungsqualitäten

Besonders in Akut- und Belastungssituationen gefragtes Paket von Eigenschaften. Eine Führungspersönlichkeit im Rettungsteam (möglichst jedoch nicht der Stift!) sorgt für einen reibungslosen Ablauf der Einsätze und kostensenkende Akzeptanz beim Patienten nach dem Muster „Nehmen Sie Ihr Bett und folgen Sie uns!"

Funkenmarie

Alberne Bezeichnung für weibliche Mitglieder von Rettungsteams, die selbst am Unfallort das Rauchen nicht lassen können.

„Sagtest Du nicht, daß der Motor klopfte, als Du den Wagen das letzte Mal von der Werkstatt abgeholt hast?"

G

Gaffer

Wegen ihrer zutiefst menschlichen Regung von Rettern, Feuerwehr, Polizei sowie Verkehrsdurchsagen-Sprechern und anderen öffentlichen Zeitgenossen despektierlich behandelte interessierte Gruppe von mehr oder weniger zufällig Anwesenden. Sich über die Gaffer moralisch zu erheben, fällt natürlich all denen leicht, die das alles schon so oft gesehen haben, daß sie es nicht mehr sehen können, oder die aus sonst einem Grunde kein Blut sehen können.

P.S. Ich weiß, ich hab' euch Unrecht getan. Ihr mögt sie ja nur deshalb nicht, weil sie immer genau da rumstehen, wo sie die Rettungsarbeiten behindern.

Gafferschwund

Begriff aus dem Polizeijargon dafür, daß die Rettungsmannschaften im Katastrophenfall beim Abtransport die Grenzen zwischen Opfern und Gaffern nicht immer allzu scharf ziehen.

GAU

Größter anzunehmender Unfall. Traum jedes ehrgeizigen Kollegen, der die Prüfung zum leitenden Notarzt bestanden hat.

Gefrierbrand

Ekelerregender Gewebeschaden, der tüchtige Hausfrauen in Schuldgefühle und unter Umständen in die Selbstwertkrise treibt.

Gegengift

Gegen Gift.

Gehirn

Des Menschen Zentralorgan. Wurde überraschenderweise auch

„Er will mir partout nicht sagen, wo er hin will!"

in solchen Fällen noch gefunden, wo man aufgrund der Unfallvorgeschichte eher keines erwartet hatte.

Geisterfahrer

Völlig zu Unrecht übel beleumundete Zeitgenossen. Denn netto haben sie – vom Rundfunk angekündigt – einen stark aufmerksamkeitssteigernden und verkehrsberuhigenden Effekt (und somit bislang mehr Leben gerettet als gekostet).

Giftgas

Ärgernis ersten Ranges – bringt doch eine Meldung, wie z.B. „Tankwagen verdunstet", den Notarzt (von dem man offenbar erwarten darf, daß er sowas weiß) in die Verlegenheit, zugeben zu müssen, daß er weder weiß, was der Tankwagen enthielt, noch was man dagegen tut und ob es der Ozonschicht schadet. (Tip vom leidgeprüften Kollegen: Chlorgas ist immer richtig und rechtfertigt nahezu alles!)

Glasaugen

Sind doof! Siehe auch unter „Pupille".

Heimlich-Handgriff

Im Gegensatz zum Heimlich-Manöver (Technik zur Entfernung von Wurstzipfeln aus der Luftröhre) gehört der Heimlich-Handgriff in den Bereich trivialerer zwischenmenschlicher Beziehungen. Junge Sanitäter seien gewarnt, ihn während des Dienstes anzuwenden. Wir Notärztinnen reagieren in solchen Fällen gereizt; und wir verfügen über mehr als die üblichen Waffen der Frau.

Heißhunger

Wüster, geradezu unwiderstehlicher Hunger, der auf eine Unter-

zuckerung des Blutes hinweist und den Betroffenen zu Handlungen veranlaßt, wie wir sie sonst nur von Rauchern kennen, die am Samstagabend ohne Kleingeld vorm Zigarettenautomaten stehen.

Hektiker

Äußerst beliebte Spezies von Fachkollegen, die ihre Darmtätigkeit mit Früchtewürfeln zu regulieren versucht, um nicht am Notfallort unpäßlich zu werden, die dann aber beim Warten in der Eisdiele solchermaßen schlingt, daß sie beim nächsten Einsatz mit unterkühlten Eingeweiden im Rettungswagen zurückgelassen werden muß, um von dort aus per Funk wenigstens die Leitstelle zu entnerven.

Herzinfarkt

Bis vor kurzem noch: akuter, lebensbedrohlicher Hafermüslimangelzustand. In letzter Zeit kamen jedoch Zweifel hieran auf!

Die Franzosen mit ihrem exorbitanten Rotweinkosum leben nämlich noch immer länger als wir Amerikaner. Wir waren kurz davor, den Infarkt in einen Rotweinmangelzustand umzudefinieren, als wir erfuhren, daß es Weißwein und Bier genauso tun. Da fragt man sich doch, warum man hierzulande überhaupt noch stirbt.

Hilfe!

Chinesisch für „Hirfe!"

Hilfsbereitschaft

Der Welt der Legende bzw. des Märchens zuzurechnender Charakterzug des zivilisierten Mitteleuropäers.

Hirndruckzeichen

Der Komplex von Mißempfindungen am Oberende, der sich durch Einnahme von 500 bis 1000 Milligramm Acetylsalicylsäure per os in Magenschmerzen verwandeln läßt.

„So kriegen wir wahrscheinlich am ehesten jemanden dazu, anzuhalten."

„Ich finde, er ist selber schuld. Als Mann von seiner Statur sagt man zu keinem Bernhardiner: Komm her und sitz!"

Hobbyhelfer

Spezieller Typ des engagierten Laienhelfers. Läßt sich den Arztausweis zeigen, bevor er den Patienten übergibt, bleibt dann aber noch solange dabei, bis er sicher ist, daß er nicht dazwischen muß.

Hund

Mit Zähnen bewehrtes, aber keineswegs nur hierdurch gefährliches Tier. Die eingehende Analyse von 170 Unfällen und Verletzungen, in die Hunde verwickelt waren, ergab, daß der Hund in immerhin

- 29 Fällen für einen Motorroller (immer derselbe Hund, immer vom selben Gast und immer vorm Herrenklo im Hof hinter Lilottes Bar) und in
- 12 Fällen (Schoßhunde) für leichter gehalten wurde, als er tatsächlich war.

Hund-zu-Nase-Beatmung

Von allen gut ausgebildeten Lawinenhunden beherrschte Erste-Hilfe-Technik, die sich aber in der Praxis bislang nicht durchsetzen konnte. Ein wirklicher Durchbruch ist hier erst dann zu erwarten, wenn es gelingt, den Hunden glaubhaft zu machen, daß eine kalte Nase KEIN Grund ist, die Maßnahmen zufrieden einzustellen.

Hypochonder

Eingebildete Kranke, die man daran erkennt, daß sie die tapsige Erste Hilfe durch einen Laien meist schadlos überstehen, nicht aber eine professionelle.

„Laßt euch Zeit! Es geht ihm gut. Seine Nase ist ganz kalt."

„Teufel, bist Du eklig! Eine hypertensive Krise!!"

I

Innovation

Verbreitung von neuen Moden in der Notfallmedizin. Am Anfang steht immer ein einsamer Rufer, der so oft erzählt, wie gut sein neues Verfahren sei, bis die anderen glauben, sie hätten's von verschiedenen Seiten gehört. Von da an geht dann alles von selbst.

Insekt

Eingedeutschte Kurzform von „Insectus,-a, -um", „der, die, das Eingeschnittene". Fachsprachliche Bezeichnung für eine Person mit Schnittverletzungen.

internistische Notfalltherapie

In den Augen fachunkundiger Kollegen eine ritualisierte und reichlich üppige Vorgehensweise, die aus einer potentiell mageren Notfallversorgung ein opulentes und publizistisch verwertbares therapeutisches Gesamtkunstwerk werden läßt.

Intubation

Verfahren zur Sicherung freier Atemwege durch Einführen eines Gummi- oder Plastikschlauches in die Luftröhre. Unglücklicherweise aber hat die Schöpfung den Weg in unsere Luftröhre mit Mißerfolgen gepflastert. Was sogar den Erfahrensten hin und wieder arg bekümmert.

Jagdeinsatz

Rettungseinsatz mit dem Ziel, noch vor der Konkurrenz am Notfallort zu sein.

just in time

Eine aus der Welt der Produktion gebürtige Philosophie, die jetzt

„Sie liegen mit dem Kopf in der Schweiz und mit den Füßen in Italien. Um diplomatische Verwicklungen zu vermeiden, wird es sich daher leider nicht umgehen lassen, Sie ein bißchen aufzuteilen."

auch den Unfallschutz erobert. Im Volksmund „Neue Schlamperei" genannt.

Im Interesse der Kostenersparnis werden Sicherheitsvorkehrungen auf das unzulässige Minimum herabgefahren, und dem Werner läßt's der Meister wieder durchgehn, daß er den Bagger mit den schlechten Bremsen oberhalb vom Kindergarten parkt. Denn wichtig ist heutzutage nur noch, daß die Sanitäter sofort da sind, wenn man sie braucht (just in time).

K

Kabelflimmern

Prognostisch ungünstige, d.h. in der Regel unbefriedigend endende Form des Kammerflimmerns, die sich weder durch Elektroschockbehandlung (Defibrillation) noch durch Medikamente sicher in einen geordneten Herzrhythmus zurückverwandeln läßt.

Sieh auch unter „Arrhythmia contacta".

Kaperfahrt

Verbreitete Sonderform des Rettungseinsatzes in Regionen mit konkurrierenden Rettungsdiensten, aber nur mangelndem Patientenaufkommen.

kapitulieren

Etwas, über das Ärzte und Patienten nicht selten unterschiedlich denken – sofern sie es noch können.

Kasuistik

Wissenschaftlicher Fallbericht. Eine dem anekdotischen Wesen der Notfallmedizin sehr entgegenkommende Form der „wissenschaftlichen" Publikation.

Katastrophe

Rettungstechnisches Großereignis. Nach Ansicht von Rettungs-

organisationen in wohlgerüsteten Gegenden (z. B. bestimmten Städten mit exzellenter Rettungsstruktur) ist die Verteilung der Katastrophen übers Land höchst ungerecht: Sie passieren nämlich selten dort, wo man sie beherrschen würde.

Katastrophenübung

Spielerische Vorwegnahme einer Katastrophe (z.B. vollbesetzter Airbus rammt im Tiefflug vollbesetzte Personenfähre im Werksgelände des örtlichen, ausnahmsweise mal nicht kurzarbeitenden Automobilherstellers). Die ursprünglich mitgeplante publizistische Verwertung der Aktion (schließlich hält man sich für vorbildlich gerüstet und trainiert) findet verständlicherweise niemals statt, da keines der geschminkten Opfer die Klinik je erreicht,
– weil Willi wieder mal den Funkverkehr blockierte,
– weil der Oberbürgermeister beim Angeln noch immer nicht gestört werden möchte,

– weil alle Ärzte (die man, um sich nicht zu blamieren, heimlich gebeten hatte, sich doch zu Hause bereitzuhalten) wie üblich an ihrem einzigen freien Wochenende versehentlich den Telefonhörer neben die Gabel gelegt hatten.

Kettensäge

In letzter Zeit zunehmend populäre Ursache vergleichsweise bizarrer und gründlicher Verletzungen.

Kohlendioxidvergiftung

Übelste Komplikation einer Atemspende. Zur Vorbeugung wird allen Rettern empfohlen, während der Beatmung das Rauchen einzustellen.

kritische Blutfettspiegel

Die Menge an Fritierfett im Blutserum, die für das Ableben an Herzinfarkt verantwortlich ist und uns somit davor bewahrt, an Krebs zu verbleichen.

„Bevor es für uns beide gleich zu spät ist, sollten wir einmal über meinen Blutfettspiegel reden."

Krümmung des Raumes

Die von Einstein und Kollegen entdeckte Krümmung des Raumes gehört zum Widerlichsten, was uns die Natur entgegenzusetzen hat. Sie ist schuld daran, daß der Gegenstand, auf den wir prallen werden, immer viel näher ist, als wir dachten, daß dieser lahme Porsche angeblich nur 2,20 m vor uns und der beige BMW hinter uns ein getarntes Polizeifahrzeug ist.

Landeplatzbefeuerung

Von überbelegten Kliniken eingesetztes Mittel zur Abwehr von Rettungshubschraubern.

lean management

Der Kontrast zwischen spärlicher Laienhilfe am Notfallort und üppiger Weiterversorgung in der Klinik wurde von unseren Politikern schon früh bemerkt. Um dieses kostentreibende Ungleichgewicht zu beseitigen und das Notfallmanagement stimmiger und „schlank" (lean) zu machen, werden daher seit Jahren die Notaufnahmekapazitäten in den Krankenhäusern reduziert. Letztere helfen aktiv mit, indem sie erfahrenes Personal vertreiben (durch unsägliche Arbeitsbedingungen in der Pflege und parodistische Arbeitsverträge bei den Ärzten).

Leib

Im weiteren Sinne alles, was uns von den Engeln trennt. Im engeren so etwas wie eine zwischen Rippenbogen und Schambehaarung lokalisierte medizinische Wundertüte.

Leichenflecken

Die bei Gaffern weitaus beliebtesten Unfallspuren.

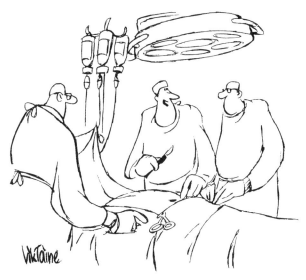

„Geht Euch das auch so? Da weiß man genau, daß man nicht krank wird, weil einem irgendwelche Dämonen in den Leib schlüpfen. Aber dieses mulmige Gefühl immer vor dem ersten Schnitt hat man trotzdem."

letzte Ölung

Geschmacklose Bezeichnung für die letzte technische Inspektion eines Rettungsfahrzeuges.

Low-IQ-Syndrom

Unfallursache Nr. 1. Insbesondere die bei den Betroffenen feststellbare Neigung, sich unter Alkoholeinfluß in den Verkehr und diesen hernach aufzumischen, ist mit einem längerfristigen Überleben kaum vereinbar.

Luftrettung

Atemspende durch Fachpersonal.

Lumbago

Oft quälender, tiefer Rückenschmerz. Von medizinischen Laien auch Hexenschuß, Zipperlein, Gicht oder grüner Star genannt.

Luxation

Verrenkung. Eine Form der Verletzung, die daher rührt, daß

Gliedmaßen – im Gegensatz zum Menschen – einzurasten pflegen, wenn man sie in sonderbare Stellungen bringt.

maligne Bradyphrenie

Bedrohliche geistige Verlangsamung.

Mann über Bord

Erleichterter Ausruf der nicht mehr ganz so leidenschaftlichen Gattin eines fanatischen Hobbyseglers.

Martinshorn

Oh, ja! Martins Horn …

Maskenbeatmung

Schwierigste aller Beatmungstechniken. Besonders bei zahnlo-

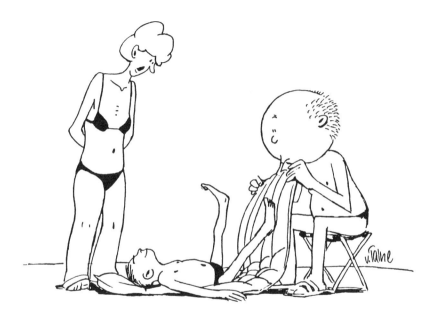

„Mußtest Du unbedingt jetzt schon auf die Luftmatratze springen!?"

„Folgen Sie mir bitte unauffällig!"

sen Patienten erfordert es große Erfahrung, Undichtigkeiten zu vermeiden und das Atemvolumen zu kontrollieren. In der Hand des Unerfahrenen überrascht sie vor allem durch die Hochachtung, die dieser erfährt, wenn er den Patienten in die Klinik bringt.

menschliches Versagen

Die offenbar (weil amtlich bestätigt) einzige Unfallursache überall dort, wo man sonst vielleicht auf die Idee gekommen wäre, daß das „System" dem armen Tropf auf Dauer gar keine Chance gelassen hatte. Siehe auch unter „Unfallursache".

Milz

Rotes und glipschiges, aber ansonsten eher genügsames Organ im linken oberen Bauchraum. Pflegt zu platzen (sogenannte Milzruptur) und dann wegen seiner guten Blutversorgung bei allen Beteiligten ziemliche Hektik zu verbreiten.

Monitoring

Maschinelle Patientenüberwachung. Heute, wo es mit der Verläßlichkeit von Mitpatienten nicht mehr allzu weit her ist, unverzichtbar. Der Bettnachbar wird daher durch einen Apparat (Monitor) ersetzt, der pfeift, wenn der Pulsschlag aussetzt. Wenigstens dreimal am Tage kommt dann eine Schwester, die das Pfeifen ausschaltet, nachdem sie zufrieden festgestellt hat, daß der Patient aufgehört hat zu fiebern.

Morgenröte

Teint des Nachtdienstgehabthabenden, wenn er in der Frühbesprechung unter dem gestrengen Blick des Chefs gesteht, was er des nachts mit den Notfällen angestellt hat.

Mumifikation

Sehr alte, wegen der benötigten Mengen an Binden im Zeitalter des Kostendrucks aber nicht mehr verantwortbare Verbandtechnik,

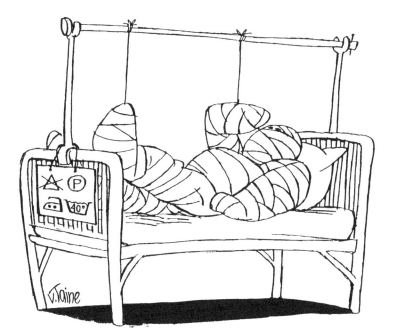

„In dieser Hinsicht sind sie uns fraglos weit voraus. Einfach den Finger in die Nase, ein Weile drehen, und schon springt die Ampel von Rot auf Grün."

mit der es gelang, die Fliegen vom Patienten fernzuhalten – ein Effekt, von dem die Patienten auf modernen Unfallstationen nur träumen können.

N

Nase-zu-Mund-Beatmung

Gilt selbst unter hartgesottenen Rettungssanitätern als Ferkelei.

Nasenbohren

Mit gewisser Inbrunst ausgeführter Zeitvertreib an roten Ampeln. Notfallmedizinisch relevant wird

Nasenbohren, wenn
- der Hintermann zu spät bremst oder
- man an der nächsten Kurve, wo Umgreifen nötig wäre, die Finger nicht mehr vom fellbesetzten Lenkrad bekommt.

Nebel

Meteorologischer Unhold, der permanent vergißt, sein Warndreieck im vorgeschriebenen Abstand aufzustellen, wenn er sich auf die Straße legt.

NEF

Abkürzung für „Notarzteinsatzfahrzeug". Früher fast immer ein BMW. Heute dagegen ist man überrascht, was sich alles um das Image bemüht, ein schnelles, positives Automobil zu sein.

Nitroglycerinpflaster

Nitroglycerin enthaltendes Hautpflaster zur Vorbeugung von anfallsartig auftretenden Brustschmerzen bei Verkalkung der

„Verstehen Sie das jetzt bitte nicht falsch. Aber Hund bleibt Hund."

Herzkranzgefäße (Angina pectoris). Im Prinzip immer wieder gut für nette Überraschungen bei der Defibrillation.

Notarzt

Akademiker, den die Rettungssanitäter aus haftungsrechtlichen Gründen mitführen, um ihren Handlungsspielraum zu erweitern.

Notfallmedizin

Die Kunst, Wartezeiten so zu dosieren, daß nachher keiner der Beteiligten vor seinem Richter steht.

Notfallsekt

Schnell herzustellende, das Prädikat „extra brut" verdienende, leicht abführende Mischung aus kolloidalem Plasmaersatzmittel und Mineralwasser. Kann durch Zumischen von 10 bis 40 ml Glukose 40% auf „halbtrocken" bis „lieblich" eingestellt werden und bereichert in dieser Variante nahezu alle notgedrungen alkoholfreien spontanen Feten im Dienst.

Notfehlintubation

Schnellstmögliches Einführen eines Beatmungsschlauches in die Speiseröhre.

Notruf

„Hilfe!"

Notrufsäule

Mundartliche Bezeichnung für ein Ferkel, das die Rettungsleitstelle mit obszönen Notfallmeldungen belästigt.

Nudelholz

In der Hand der begnadeten Köchin ein Instrument kulinarischer Wollust. Nicht minder nachhaltig ist der Eindruck, den es hinterläßt, wenn es in die Hand der erzürnten Gattin kommt.

„Wartest Du noch immer auf Deinen Mann?"

„Das sieht Dir mal wieder ähnlich! Bei dieser Witterung ohne Deinen Organspenderausweis ins Auto zu steigen."

Null-Linie

Auf dem EKG-Monitor (Überwachungsgerät) sichtbares Zeichen einer fehlenden Herztätigkeit. Notfallmaßnahmen:
1. Sofortiger Faustschlag auf den Brustkorb (präkordialer Faustschlag). Schlägt der Patient zurück, Fassung nicht verlieren, lächeln und
2. Faustschlag auf den Monitor. Hilft auch das nicht, dann
3. Patientenkabel am Monitor einstecken.

O

Oliven

Die beiden rundlichen Enden eines Stethoskops, die sich in den Gehörgang bohren. Und wie jeder nervöse Knabberer im Dienste mir bestätigen wird, schmecken sie auch so.

Organspenderausweis

Papier, das seinem Besitzer das Gefühl vermittelt, für den Ernstfall gut gerüstet zu sein. Und in Tantes Augen immer noch besser, als es dieser Bande von Erbschleichern zu überlassen, wer was bekommt.

Overhang

Das, was im OP noch läuft, wenn der Frühdienst kommt. Wenn er kommt.

Panik

Dramatische Befindlichkeitsstörung eines Notarztes, der erfährt, daß beim nächsten Einsatz zum ersten Mal der Neue hinters Lenkrad darf.

„Für einen Wagen dieser Klasse bietet er ein enormes Maß an passiver Sicherheit."

Pankreas

Bauchspeicheldrüse. Eines der weniger friedfertigen Organe unseres Bauchraumes. Nimmt fast alles übel, was man zu sich nimmt, und entzündet sich. Macht dann manchmal bösen Ärger.

passive Sicherheit

Eine Eigenschaft vor allem teurer und massiver Automobile, die deren Besitzer im Glauben wiegt, es gäbe auch sowas wie eine aktive: nämlich jeder Gefahr auf der Gegenspur durch einen heftigen Tritt aufs Gaspedal zu entkommen.

Perish Coffee

Heißer, schwarzer Kaffee mit reichlich Zucker und einem Milliliter Adrenalin 1:1000. Die umgehend sich einstellende außerordentliche Regsamkeit des Opfers eines solchen kleinen Scherzes läßt sich unter intensivmedizinischen Bedingungen oft noch ein Weilchen beherrschen.

pflegerischer Minimalismus

In vielen Kliniken vor allem nachts vorherrschendes Konzept der Akutversorgung. Es basiert auf der Annahme, der Körper nehme sich, was er braucht. Um ihm dabei lange Wege zu ersparen, wird er auf dem Gang verwahrt.

Placebo-Effekt

Die auf suggestivem Wege zustande kommende, nichtsdestotrotz aber reale Wirkung einer an sich unwirksamen Substanz. Der Placebo-Effekt wird in der Notfallmedizin bewußt eingesetzt, um bei Nichtvorhandensein von Kaffee die Einsatzbereitschaft des Personals zu sichern: Es werden dann Kohle-Tabletten in heißem Wasser gelöst. Der etwas seltsame Geschmack wird dadurch erklärt, daß es mal wieder Reinhard gewesen sei, der ihn gekocht hat (was die suggestive Wirkung merklich verstärkt, denn Reinhard ist ein neunschwänziger Hektiker).

„Gerade habe ich mir gesagt, daß die Medizin wohl keine Überraschungen mehr für mich bereithält. Da erzählst Du mir, daß Du normale Blutfettwerte hast!"

„Müller, Schneider! Sofort zurück an die Arbeit!"

Polizisten

Sowas wie die Schutzengel des Rettungspersonals (ähnlich den Feuerwehrmännern).

Polytrauma

Die schwere und nachhaltige seelische Verwerfung desjenigen, der sich guten Glaubens mit einer akuten Gesundheitsstörung in eine Poliklinik oder Klinikambulanz begibt. Tip fürs nächste Mal: Aufpassen und gesund leben!

PP-Syndrom

Privatpatient-Syndrom. Gelegentlich lebensbedrohlich verlaufendes und dann beherztes Einschreiten erforderndes Krankheitsbild, das sich diejenigen zuziehen, die, privatversichert und somit ausgestattet mit freiem Zugang zu jedem beliebigen Arzt, über
– die Wahl der gleichzeitig oder in Folge aufgesuchten Spezialisten und
– die sorgfältige Auswahl der

Teil-Information, die sie den Spezialisten gönnen, sich quasi selbst behandeln – und das mit hochwirksamen Arzneien und neuesten operativen Techniken.

Professionalität

Positiver Eindruck, der dadurch entsteht, daß das Team Ruhe ausstrahlt, weil es gerade erst aufgewacht ist und infolgedessen noch immer stark verlangsamte Reaktionen zeigt.

provozierendes Erbrechen

Das, was der Hund auf dem Rücksitz macht, wenn er einmal gemerkt hat, wie er einen ärgern kann.

provoziertes Erbrechen

Absichtlich herbeigeführtes Erbrechen. Erbrechen auszulösen ist ein schwieriges Unterfangen, da sowohl die Hausmittel als auch die schulmedizinischen Methoden im Ernstfall zu versagen pfle-

„Hören Sie mal! Sie stehn auf meinem Seeigel!"

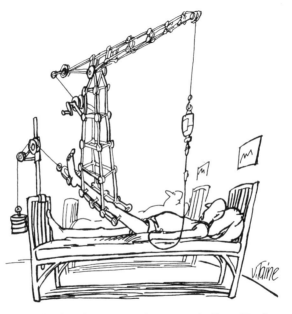

„Manchmal würd ich ja schon gerne wissen, was in ihren Köpfen vorgeht!"

gen. Das einzige wirklich zuverlässige (von der Menschenrechtskonvention allerdings nicht gedeckte) Mittel ist der Witz von den beiden Handelsvertretern, die in einem Zugabteil mit Spucknapf durch die Wüste reisen. Aber auch den muß man natürlich erzählen können.

Pulszählung

Das völlig sinnlose, aber trotzdem immer wieder vorgenommene Zählen eines Pulses (des tastbaren Klopfens einer Schlagader). Dabei ist längs bekannt, daß es pro Arterie und Tastpunkt immer nur einer ist.

Pupille

Das schwarze Löchle in der Mitte des Auges, das, je nach Streß, Licht und Opiatgehalt, mal größer oder kleiner wird. Die Reaktion der Pupille auf Licht gibt dem Rettungspersonal wichtige Informationen darüber, wieviel Hektik sich verbreiten wird, und ob Wiederbelebungsmaßnahmen oder das Öffnen der Schädeldecke Wirkung zeigen. Die einseitig lichtstarre Pupille gehört in diesem Zusammenhang zu den unwillkommeneren Erlebnissen (siehe unbedingt auch unter „Glasaugen"!).

Q

Quarkleiche

Titel, den immer nur der Assistenzarzt tragen darf, der es zuletzt geschafft hat, morgens in so mäßiger Verfassung zum Dienst zu erscheinen, daß er in der Frühbesprechung vom Oberarzt fälschlicherweise gebeten wird, vom Nachtdienst zu berichten.

„Ich bin ein eher defensiver Fahrer."

„Na, wenigstens hast du saubere Unterwäsche an. Was würden die sonst von mir denken, wenn Dich der Gletscher in 5000 Jahren wieder freigibt."

R

Rautek-Griff

Der kleine Bruder des Heimlich-Manövers. Beiden gemeinsam ist, daß sie bei unsachgemäßer Ausführung zum Leistenbruch führen – der Griff beim Helfer, das Manöver bei seinem Opfer.

Reality-TV

Verirrung aus der Vorzeit der ethischen Entwicklung des Fernsehens, bei der aus der Tatsache, daß in jedem Manne ein Gaffer steckt, Kapital geschlagen wurde. Die Älteren unter meinen Lesern können sich vielleicht noch an diese Zeit erinnern. Aus Angst vor Kameras konnte man sich damals mit Löchern in den Socken nicht mehr in den Straßenverkehr wagen.

Reanimierdame

Weibliche Notfall-Übungspuppe.

reanimieren

Nein, nicht das, an was Sie jetzt denken, sondern der Fachausdruck für „wiederbeleben".

Rettungsblase

Die nach dem dritten Einsatz am Stück bis unter den Rippenbogen tastbare Blase des Notarztes.

Rettungshobel

In Gegenden mit schmalen oder zugeparkten Straßen (z. B. südeuropäische Großstädte) eingesetztes Notarzt-Motorrad.

Rettungskette

Die bei Rettungsaktionen gelegentlich zu beobachtende Verkettung unglücklicher Umstände.

„Also gut. Einigen wir uns vorerst auf die Formel: Es gehört uns."

Rettungsleitstelle

Wundertätige Einrichtung, die es schafft, zu wenige Rettungsteams so einzusetzen, daß sie am nächsten Morgen nicht in der Zeitung steht.

Rotorschaden

Häßliche Verletzung durch landende Rettungshubschrauber.

RTH

Rettungstransporthubschrauber. Eine der aufwendigsten Arten, dem Notfallteam (nicht nur diesem) während des Transports das Leben schwer zu machen.

ruhiger Dienst

Seltene Kuriosität, von der man ein Leben lang erzählt, weil sie selbst bei Kollegen, die glauben, alles gesehen zu haben, johlende Begeisterung erzeugt.

S

Saal

Räumlichkeit, in der selbst ich auf die Frage „Ist ein Arzt im Saal?" zunächst einmal mit einem gewissen Interesse an der Decke kämpfe.

Sarkasmus

Böser, spottender Witz (mit einer gewissen Neigung, sich zu verselbständigen und Lebenseinstellung zu werden), der die Unterhaltung mit leicht depressiven Angehörigen der Gesundheitsberufe für Laien so spannend und schauerlich reizvoll macht.

Schlagadern

Die rauhesten Gesellen unter den Körperteilen.

„Pfui Teufel! Daß diese Hypertoniker auch immer so spritzen müssen!"

„Nein, Herr Oberförster. Das da war nie und nimmer eine Zecke!"

Schmerz

Tut weh. Nun ja.

Schmerzzäpfchen

Kleine Helfer, die einen im Gegensatz zu Tabletten davor bewahren, allzuschnell zuzugreifen. Was nicht zuletzt daran liegt, daß es nur wenigen Zeitgenossen gelingt, sie (wie Tabletten) einfach einzuwerfen.

ZÄPFCHEN, KAUM GEBRAUCHT. NUR DM -,50

Selbstschutz

Gutes Recht aller Bedrohten (und so auch der Retter an der Front und in der Klinik). Die erste und grundsätzlichste Maßnahme des Selbstschutzes ist die Tarnung mit Rückzug in die Rolle des unbeteiligten Beobachters. Erst wenn diese zusammenbricht, sind weitere Schritte statthaft. So zum Beispiel ist es falsch, wenn das Faktotum im Gartencenter eines Einkaufszentrums, das alle Insignien seines Amtes (Kittel und Schildchen dran) abgelegt hat, am Samstagvormittag um 11 Uhr Kunden anraunzt, bevor diese überhaupt gemerkt haben, daß er dazugehört.

Sieben „W"

Die legendären sieben Punkte der Notfallmeldung:
Wer...   meldet den Notfall?
Wo...   ist der Notfall?
Was...   ist passiert?
Whow!
Wie viele... sind verletzt?
Whow!
Wann...   ist es passiert?

Simulanten

Böse Falle für übereifrige Retter.

Skier

Die einzigen wirklichen Freunde des Unfallchirurgen.

„Und wie, bitte, mach' ich da jetzt meinen Ski dran?"

SOS

„Save our souls!" Bewährter, aber inhaltlich eher altbackener Hilferuf. Heute, wo man sich der Sache mit der Seele nicht mehr so sicher ist, wird er daher etwas anders interpretiert: „Shit! O shit!"

Sprachlosigkeit

Eine Spielart dieser Eigenschaft zeichnet alle Patienten aus, die entweder einen korrekt plazierten Beatmungsschlauch oder die Last einer Bewußtlosigkeit zu tragen haben. Aber keine Angst! Ihr Arzt liest Ihnen jeden Wunsch von den Monitoren ab.

stabile Seitenlage

Die einzige Position, in der der Gatte mit dem Schnarchen aufhört.

Stand-by

Eine Form des Einsatzes, die sehr viel Einfühlsamkeit und Geduld erfordert. Das Notfallteam hat sich dabei unauffällig, aber fröhlich in der unmittelbaren Nähe eines bedrohlichen Vorgangs herumzutreiben und durch kleine, belanglose Scherze die Stimmung der Feuerwehrleute, des Oberbürgermeisters, der Rennleitung oder Reporter aufzuhellen.

Stethoskop

Gegabeltes medizinisches Hörgeschläuch, bestehend aus einem Ende, das man auf den Patienten legt, und zweien, die man in den Arzt (o. ä.) steckt. Letztere tragen jeweils eine der berüchtigten Oliven (siehe auch dort). Dem Material des Schlauches, der die Enden miteinander verbindet, wird im Hinblick auf die akustischen Eigenschaften größte Bedeutung beigemessen. Meine eigene Erfahrung lehrt jedoch, daß das Wichtigste noch immer das ist, was zwischen den Oliven sitzt.

Strom, elektrischer

Bis wir herausgefunden haben, wie die Vögel das machen (auf diesen Leitungen herumlümmeln, und nichts passiert), wird er uns wohl immer wieder unangenehm überraschen.

T

Tabakrauch

Die rektale (durchs Fiedle) Einblasung von Tabakrauch war eine der Standardmethoden der Notfallmedizin in Zeiten, als man dem Erfolg von Hilfsmaßnahmen etwa soviel traute wie ihrem Mißerfolg. Was sich darin äußerte, daß man den Opfern Klingel-

Glöckchen mit in die Kiste gab. Welchen Effekt (außer dem abführenden) man sich von einer solchen Tabak-Einblasung im einzelnen versprach, weiß man nicht mehr so genau; vermutlich aber einen belebenden, wie wir ihn auch heute noch beobachten, wenn sich jemand im Nichtraucherabteil eine Zigarette anzündet.

Tennisnacken

Akute, hochschmerzhafte Reizung des Kopfansatzes nach chronischer Überlastung des Gelenkes zwischen erstem (Atlas) und zweitem Halswirbel (Globus).

Tranquilizer

Häufig Ursache für bizarres Verhalten im Straßenverkehr, die man noch nicht in der Atemluft, aber daran feststellen kann, daß die betreffenden Damen und Herren besonders gelassen lächeln, wenn sie in eine polizeiliche Kontrolle geraten.

„Eigentlich darf ich ja gar nicht fahren, wenn ich meinen Tranquilizer genommen habe. Aber gerade dann ist es mir egal."

„Entschuldige, Trainer! Aber ich brauche nach dem Spiel immer noch eine halbe Stunde, bis meine Beine zur Ruhe kommen."

Triage

Beim Massenanfall von Verletzten notwendiges Unterteilen der Patienten in drei Gruppen:
1. Patienten, die getrost noch ein bißchen warten können.
2. Patienten, die noch ein bißchen warten müssen.
3. Patienten, die schon ein bißchen gewartet haben.

Tritt

Kurze, meist unfreundlich gemeinte motorische Äußerung der unteren Körperhälfte. Die durch einen Tritt freigesetzte Energie reicht meist nicht aus, das Ziel zu erwärmen, wohl aber, es zu verformen (klassische Kaltverformung). Diese Art der Einwirkung wird vom Tretenden in der Regel als zweckdienlich, vom Getretenen als schmerzhaft, und von der Notfallambulanz als lästig angesehen.

Tücke des Objektes

Von Theologen gelegentlich als Gottesbeweis herangezogene Eigenschaft der unbelebten Natur, sich dem Menschengeschlechte gegenüber unbotmäßig aufzuführen.

Überwachung

Das, was sie mit einem machen, wenn man ohne besondere Blessuren in eine unterbelegte Klinik gerät. Spätestens am nächsten Nachmittag fragt man sich dann, ob es die Unwahrheit war, als die Ärzte sagten, daß sie einen nur sicherheitshalber dabehalten wür-

den, und ob die vielen Infusionen, die man jetzt bekommt, dem wackligen Bettnachbarn, den man am Morgen überraschend als gesund entlassen hatte, nicht besser bekommen wären.

Unernst

Haltung, die nach langen und anstrengenden Diensten durchbricht und sich z.B. im Falle der Rettungsleitstelle darin äußert, daß sie sich am Telefon nur noch mit „Hallo?" meldet.

Unfallstatistik

Mittel zum Aufdecken von Unfall- und Ursachenschwerpunkten. Wunderbar für den Auftraggeber! Als potentielle Opfer haben wir allerdings ein Problem damit: Statistik widerspricht nicht gerne.

Unfallursache

Der Gegen- oder Umstand, auf den man den Unfall schiebt. Bemerkenswert dabei ist, daß es –

wie schon eine alte indianische Weisheit sagt – viel weniger Ursachen gibt als Unfälle. Siehe hierzu auch unter „menschliches Versagen".

Ungeduld

Eine beim wartenden Laien höchst angebrachte Regung. Beim Profi, der ungeduldig auf seinen nächsten Einsatz wartet, jedoch Hinweis auf eine krankhafte Veranlagung. Dennoch sind solche Jungs beim Arbeitgeber sehr beliebt – eine Einstellung, die die mitbetroffenen Kollegen nur selten teilen.

Unterhaltungselektronik

Oberbegriff für medizintechnische Geräte, die in ihrer entzückenden Funktionsvielfalt weit über das hinausgehen, was man braucht – bis hin zum Schachprogramm und elektronischen Strip-Poker, mit dem der Hersteller den findigen Nachtdienstler belohnt.

Zur Ätiologie des Tennisnackens

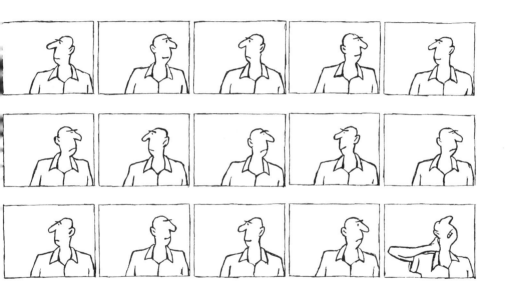

"WENN ICH ALS DER AUTOMATISCHE ANRUFBEANTWORTER IHRES ARZTES IHNEN SCHON MAL EINEN RAT GEBEN DÜRFTE..."

unverzügliches Zuwarten

Erstmaßnahme, mit der man in vielen Fällen komplexe und nicht sehr therapiefreundliche Situationen in einen der wenigen und klar umrissenen Zustände überführen kann, die man dann mitsamt Gebrauchsanweisung im Notfall-Taschenbüchlein findet.

vagovasale/vasovagale Synkope

Einer der wenigen, aber eher harmlosen Notfälle, bei denen man nie sicher ist, ob sie nicht andersrum heißen.

Verbandskasten

Übelriechendes, feuchtes und leicht aufgequollenes Kästchen in der Mulde hinter dem rechten hinteren Radkasten, das man, wenn einmal geöffnet, nie wieder zubekommt.

Verbrühung

Gewebeschädigung durch Einwirkung heißer Flüssigkeiten. Eine spezielle Form der Verbrühung, die eines männlichen Verwandten 2. Grades (sog. „Hot Cousin), gehört zum Standardrepertoire eines jeden guten Restaurants.

Vermißte

Im allgemeinen kein Gegenstand von Erster Hilfe oder Notfallmedizin – mit Ausnahme einer bestimmten, sehr verbreiteten Subspezies: der Verlegten (von „verlegen": etwas so weglegen, daß man es später nicht mehr wiederfindet). Die Angehörigen kostet

„Hast Du gehört? Sogar hier sind sie vom Virus der westlichen Unkultur befallen: Die Kinder wollen uns mit Ketchup!"

„Hallo, Jungs! Wir sind die Neuen, ein Toter und zwei Vermißte."

es dann Zeit und reichlich Nerven, die zahllosen Ambulanzen, Stationen, Zimmer und Flure der örtlichen Klinik durchzukämmen, um dem Großvater dann zufällig in der Cafeteria zu begegnen, wo ihn der Notarzt einfach stehenließ, als der nächste Alarmruf kam.

Vorhersehbarkeit

Eine wichtige Eigenschaft der meisten Unfälle. Der Vorhersehbarkeit speziell von Kinderunfällen verdanken wir es, daß der Papi immer noch schnell die Videokamera anwerfen kann, damit wir alle im Fernsehen miterleben können, wie drollig 's Lottchen in den Pool purzelt.

W

Wald

Ort mannigfaltiger und von vornherein nicht abzuschätzender Gefahren. Dort lauernd in Form von Beeren (übertragen Fuchsbandwürmer), Zecken (übertragen Bakterien und Viren), nackten Männern (übertragen Kinder) und Bremsen (quietschen).

Wanderniere

Geschmacklose Bezeichnung für Motorradfahrer.

Warndreieck

Dreischenkliges Werkzeug, das zu unterschiedlichen Figuren verbogen werden kann und dem Papi auf der Fahrt in den Süden dazu dient, den Sprößlingen zu verdeutlichen, wie man sich bei der Erklärung trigonometrischer Gesetze in einer überraschenden

Linkskurve den rechten Mittelfinger quetscht.

Warnhinweise

Botschaften auf Packungen, an Bauplätzen oder anderen Stellen, die man nicht zur Kenntnis nimmt, weil man sie längst zu kennen oder ohnehin nicht glaubt. Was nicht schlimm ist, denn zahlen muß sowieso immer der, der warnt. Es sei denn, der bedient sich eines fiesen Tricks: hält uns für unterbelichtet und schreibt dazu, was mit uns passiert, wenn wir es trotzdem tun. Dann zahlt nur noch die Krankenkasse. Und der Herr Notarzt lächelt wissend.

Wirtschaftlichkeit

Seit etwa einem halben Jahrhundert meistgebrauchtes Wort im Gesundheitswesen und obligater Bestandteil aller Killerphrasen von Verwaltungsdirektoren und Gesundheitspolitikern. Und erstaunlicherweise zucken noch immer alle davor zusammen.

Wissenschaft

Ein Muß für alle Ärzte, die was werden wollen, aber keine leichte Sache in der Notfallmedizin. Und so richtig Muße zum Rumprobieren hat man da auch nicht immer. So scheint man denn – zwangsläufig etwas anspruchsloser – übereingekommen, daß es schon wissenschaftlich sei, die Ausstattung des Rettungswagens stets um die neuesten Geräte zu erweitern und in Fachzeitschriften alljährlich weiterzuerzählen.

woanders

Gegenwärtiger Aufenthaltsort des Notarztes.

Wunder

Alle, die ich kenne, waren vorher Fehldiagnosen.

Würde

„Würde aus dieser garstigen Nullinie jetzt eine kleine Extrasystolie, wüßte ich, was hilft. Sorry."

„Okay, Okay. Vielleicht hätte er diese Verletzungen ja überlebt. Aber noch mindestens ein halbes Jahr auf der Intensivstation, ein viertel Jahr auf Normalstation, ein Jahr oder länger Rehabilitation und am Ende doch noch gehbehindert. Also ein volkswirtschaftlicher Totalschaden."

Z

Zerebralphimose

Der Betriebsblindheit verwandte Persönlichkeitsveränderung, bei der sich das berufliche Interesse darauf einengt, wie man am Morgen den Stoff in die Firma und abends das Leergut wieder herausbringt, ohne erwischt zu werden. Die damit vergesellschaftete Verwahrlosung der Werte äußert sich darin, daß es dem Betroffenen wichtiger wird, im Falle eines Arbeitsunfalles ohne Flasche als mit sauberer Unterwäsche angetroffen zu werden.

Zittern

Das von Laien gelegentlich beobachtete Wackeln der Hände eines Notarztes. Es ist weder Ausdruck von Aufregung noch der einer Coffein-Intoxikation. Nein, es ist die Freude!

Zuckerkoma

Die risikoreichste aller Notfallmeldungen, wegen der Verwechslungsgefahr mit „untern Zug na komma" – was das Rettungsteam regelmäßig dazu bringt, gar nicht erst weiter hinzuhören und sofort mit roten Ohren der Erregung den Bahndamm rauf und runter abzufliegen.

In der Kerbelstraße dagegen hat man in der Zwischenzeit vergebens ein Kreuz aus Bettlaken im Garten ausgelegt.

Zufriedenheit

Wenn man sich umhört, stellt man fest, daß es über Erwarten wenige Patienten gibt, die sich über eine schlechte Notfallversorgung beklagen können.

Zugang

Etwas bläßliche Bezeichnung für „Weg in den Patienten". Die in der Notfallmedizin bedeutendsten Formen des Zugangs sind der periphervenöse Zugang (in

„Er ist in einen Hubschrauber getreten."

eine Feld-Wald-Wiesen-Vene), der zentralvenöse (in eine Vene tief drinnen im Selbst), der arterielle Zugang (in eine Schlagader; meist absichtlich – ehrlich!), der menschliche und der verstopfte Zugang.